U0052688

兒童文學叢書

·藝術家系列·

非常印象非常美

莫內和他的水蓮世界

喻麗清、章瑛／著

三民書局

國家圖書館出版品預行編目資料

非常印象非常美：莫內和他的水蓮世界／喻麗清,章瑛著.－－二版二刷.－－臺北市：三民，2011
面；　公分.－－(兒童文學叢書. 藝術家系列)

ISBN 978-957-14-2740-9　(精裝)

1.莫內(Monet, Claude, 1840-1926)－傳記－通俗作品

940.9942

© 非常印象非常美
——莫內和他的水蓮世界

著 作 人　喻麗清　章瑛
發 行 人　劉振強
著作財產權人　三民書局股份有限公司
發 行 所　三民書局股份有限公司
地址　臺北市復興北路386號
電話　(02)25006600
郵撥帳號　0009998-5
門 市 部　(復北店) 臺北市復興北路386號
(重南店) 臺北市重慶南路一段61號
出版日期　初版一刷　1998年1月
二版一刷　2007年1月
二版二刷　2011年3月
編　號　S 853831
行政院新聞局登記證局版臺業字第〇二〇〇號

有著作權・不准侵害

ISBN　978-957-14-2740-9　(精裝)

http://www.sanmin.com.tw　三民網路書店

※本書如有缺頁、破損或裝訂錯誤，請寄回本公司更換。

閱讀之旅

很早就聽說過藝術大師米開蘭基羅、梵谷、莫內、林布蘭、塞尚等人的名字；也欣賞過文學名家狄更斯、馬克・吐溫、安徒生、珍・奧斯汀與莎士比亞的作品。

可是有關他們的童年故事、成長過程、鮮為人知的家居生活，以及如何走上藝術、文學之路的許許多多有趣故事，卻是在主編了這一系列的童書之後，才有了完整的印象，尤其在每一位作者的用心創造與撰寫中，讀之趣味盈然，好像也分享了藝術豐富的創作生命。

為孩子們編書、寫書，一直是我們這一群旅居海外的作者共同的心願，這個心願，終於因為三民書局的劉振強董事長，有意出版一系列全新創作的童書而宿願得償。這也是我們對國內兒童的一點小小奉獻。

西洋文學家與藝術家的故事，以往大多為翻譯作品，而且在文字與內容上，忽略了以孩子為主的趣味性，因此難免艱深枯燥；所以我們決定以生動、活潑的童心童趣，用兒童文學的創作方式，以孩子為本位，輕輕鬆鬆的走入畫家與文豪的真實內在，讓小朋友們在閱讀之旅中，充分享受到藝術與文學的廣闊世界，也拓展了孩子們海闊天空的內在領域，進而能培養出自我的欣賞品味與創作能力。

這一套書的作者們，都和我一樣對兒童文學情有獨鍾，對文學、藝術更是始終懷有熱誠，我們從計畫、設計、撰寫、到出版，歷時兩年多才完成，在這之中，國內國外電傳、聯絡，就有厚厚一大冊，我們的心願卻只有一個——為孩子們寫下有趣味、又有文學性的好書。

當世界越來越多元化、商品化的今天，許多屬於精神層面的內涵，逐漸在消失、退隱。然而，我始終牢記心理學上，人性內在的需求——求安全、溫飽之後更高層面的精神生活。我們是否因為孩子小，就只給與溫飽與安全，而忽略了精神陶冶？文學與美學的豐盈世界，是否因為速食文化的盛行而消滅？這是值得做為父母的我們省思的問題，也是決定寫這一系列童書的用心。

我想這也是三民書局不惜成本、不以金錢計較而決心出版此一系列童書的本意。在我們握筆創作的過程中，最常牽動我們心思的動力，就是希望孩子們有一個愉快的閱讀之旅，充滿童心童趣的童年，讓他們除了溫飽安全之外，從小就有豐富的精神食糧，與閱讀的經驗。

最令人傲以示人的是，這一套書的作者，全是一時之選，不僅在寫作上經驗豐富，在藝術上也學有專精，所以下筆創作，能深入淺出，饒然有趣，真正是老少皆喜，愛不釋手。譬如喻麗清，在散文與詩作上，素有才女之稱，在文壇上更擁有廣大的讀者群；陳永秀與羅珞珈，除了在兒童文學界皆得過獎外，翻譯、創作不斷，對藝術的研究與喜愛也是數十年如一日用功勤學；章瑛退休後專心研習水墨畫，還時常歐遊四處欣賞名畫；戴天禾有良好的國學素養，對藝術更是博聞廣見；另外兩位主修藝術的嚴喆民與莊惠瑾，除了對藝術學有專精外，對設計更有獨到心得。由這一群對藝術又懂又愛的人來執筆寫藝術大師的故事，不僅小朋友，我這個「老」朋友也讀之百遍從不厭倦。我真正感謝她們不惜時間、心血，投入為孩子寫作的行列，所以當她們對我「撒嬌」:「哇！比博士論文花的時間還多」時，我絕對相信，也更加由衷感謝，不僅為孩子，也為像我一樣喜歡藝術的大孩子們，可以欣賞到如此圖文並茂，又生動有趣的童書欣喜。當然，如果沒有三民書局的支持、用心仔細的編輯，這一套書是無法以如此完美的面貌出現的。

讓我們一起——老老小小共同享受閱讀之樂、文學藝術之美，也與孩子們一起留下美好的閱讀記憶。

作者的話

莫內畫的水蓮，大概是世上除了〈蒙娜麗莎〉之外被複製得最多的圖畫之一。其實，用照相機可能會照出比那更好看的水蓮來，但是為什麼那麼多人卻還是喜歡莫內畫的水蓮呢？

莫內是印象畫派中最重要的畫家，可是當初他畫的〈日出：印象〉在巴黎展出時卻受盡了冷嘲熱諷，人家把「印象」一詞用來形容畫還沒有畫完，只留下了一點印象而已。不過，莫內一直堅持自己的畫法，終於畫出了自己的天空，也終於把「印象」這個字，由諷刺畫成了稱讚的意思。

水蓮是他晚年的最愛，他不但畫得如同水上園藝家一般，後來也真的把他家裡的花園改建成了蓮花的池塘，還在池塘上蓋了一座日本式的木橋——現在已經成了法國有名的旅遊地點。

他的水蓮，近看很抽象、什麼也不像，但是遠看真是美麗的水蓮。

有沒有花其實並不重要，那水的質感，葉片浮在水上的輕以及光的漂洗之感，你想除了他誰真的特意去體會過？

是的，照相機也可以照樣去照一張同樣的水蓮出來，但是莫內——他是第一個水蓮的知己。經由他的畫，才讓我們也看到了水蓮獨有的美和印象畫有別於一般的美。

那麼多人把他的水蓮掛在牆上，好像可以成立一個愛蓮俱樂部了，他們愛的不只是水蓮，我想，他們更敬愛的是那個畫水蓮的人——莫內。

喻麗清

喻麗清

臺北醫學院畢業後，留學美國。先後在紐約州立大學、加州大學柏克萊分校任職，工作之餘修讀西洋藝術史。現定居舊金山附近。喜歡孩子，喜歡寫作和畫畫。雖然已經出過四十多本書了，詩、小說、散文都有，但她覺得兩個既漂亮又聰明的女兒才是她最大的成就。

作者的話

我不是作家，更不是畫家。我只是一個文學和藝術的痴情愛好者。完全是因麗清的邀請，我才有這次的機會。

有機會寫莫內，我很開心。二十年前，隨外子去巴黎，他去開會，我便藉機大逛畫廊。在橘園的兩間橢圓形畫廊中，環壁圍繞著莫內所繪的大型水蓮，只有大廳中間放了一把椅子，當天是週日，遊人稀少，我靜靜坐在那裡，漸漸沉浸在一種虛幻的境界，似乎自己正在悄然泛舟於靜謐的荷塘之間。二十年時光，泯滅了多少人生的悲歡，但在橘園中美妙絕倫的感受，卻一直凝結在我的心際。從那時開始，我便對莫內及印象派繪畫油然而生了一種特殊的鍾情。

這次為了寫好莫內，先後在芝加哥觀賞了莫內回顧展，在紐約大都會博物館、哈佛佛格博物館、波士頓美術館仔細看了大量莫內的原作。去年有機會去澳洲，聞坎培拉國家藝術館有莫內繪畫收藏，特地從雪梨驅車數小時前往觀賞。

裝了滿腦袋莫內的素材，便回想起兩個女兒少時讀書的情景，想到孩子們對形象藝術的偏愛，便決意藉莫內的繪畫為主軸來勾勒畫家的生平。於是首先花大量時間選畫，然後將每幅畫所代表的莫內生活時期和藝術風格仔細詮釋，由此形成全書。

書稿完成後，又經麗清加以編輯，巧妙的將莫內的故事按照書局的要求及整套叢書的統一安排串聯起來，使我由衷的佩服作家的豐富想像力和駕馭文字的能力，也感受到科學的理性與文學的感性在思考與寫作中的不同。

付出了大量心血，眼見這本書即將出版，此時，我想特別感謝簡宛女士的耐心指教，使我在全書的寫作過程中，學到了許多意想不到的功課。

章瑛

章 瑛

美國印地安那大學微生物學學士，美國天主教大學微生物學碩士。為了感受新的人生，提前退休，專心發展荒蕪已久的左腦。現在每日忙於拜師研習中國水墨畫，誦讀唐詩宋詞，參加讀書會，上博物館培訓班。週末則在中文學校教孩子畫畫，到唱詩班唱詩，生活過得充實而自在，對周遭事物充滿感恩之心。

Claude Monet

莫　內

Claude Monet

1840~1926

1. 漫畫的童年

在法國北邊諾曼地海岸線上，有一個叫海防的小港口，那裡的風景很美。每一塊岸邊的岩石，都長得很不一樣，加上陽光與海水的千變萬化，無論你去多少次也不會看厭。

有一個五歲才從巴黎搬過來的小男孩，他就特別對這裡的海水著迷，一有機會他就會到那兒看船、看海，或者在岩石上爬著玩兒。

有一天吃晚飯的時候，他忽然大聲的說：

「爸、媽，你們知道嗎？石頭也會走路喲！」

「不要胡說。」做爸爸的想：這孩子今天又到海邊去了。

「是真的。前幾天我數過的，那邊有七塊中間有洞的大岩石，可是今天數來數去，就是少掉了一塊。」小男孩很堅定的說。

「不是叫你風大的時候不可以去海邊嗎？要是給浪花捲走怎麼辦？」媽媽生氣的看著小男孩。

小男孩知道做了不該做的事，趕緊低下頭吃飯。可是才吃了兩口，又忍不住說：

「說不定石頭潛到海底去了呢？」

岩石　1886 年（油畫、畫布　65 × 81cm　俄羅斯莫斯科普希金美術館藏）

這是海水與石頭的舞蹈，充滿了動感，活潑而又有深度。

小說家　約 1858 年
（鉛筆、膠彩　32 × 24cm
法國巴黎馬蒙特美術館藏）

莫內的滑稽漫畫人物之一。

爸爸不耐煩的說：「野了一下午，還不快點吃完了做功課去。」

小男孩一聽到做功課就什麼興致都沒有了。他實在不愛讀書，也不喜歡到父親的小雜貨店裡去。在屋子裡頭，他待不住。

外頭風景那麼好，海邊的浪花和漁船比文字和數字不知有趣多少。他老是覺得那一片無止盡的海水，好像一只萬花筒，而陽光就是筒裡的那些彩色紙片，每天去都有不同的花樣在閃亮的水中出現。有時候一朵雲飄過來，那些彩色的花樣還要更好看呢！

他想，爸媽忙他們的小雜貨店就已經夠辛苦的了，他還是乖一點不要讓他們傷心才好。小男孩後來就安靜

聖安德絲海灘　1867 年
（油畫、畫布　75.8 × 102.5cm　美國伊利諾州芝加哥藝術中心藏）

此時的莫內對「海」一往情深，對「光」還沒那麼強烈、那麼科學化的「色感」。

鋼琴師　1858 年（鉛筆 32 × 24cm　法國巴黎馬蒙特美術館藏）

莫內的滑稽漫畫人物之一。

的在燈下做起功課。不過，他做的不是老師要的功課，他在習題本子上，畫了好多好多的石頭，有的長了腳，有的會游水，有的還長著跟老師一樣的大鬍子。

第二天，老師打開他的作業本，又氣又愛。對這個淘氣而不搗蛋的學生，他也不怎麼忍心處罰。

這個小男孩，他的名字叫做：克勞德・莫內——就是後來在法國興起的印象派畫派的代表人物；也是畫了很多很多水蓮的，揚名全世界的那個莫內。

說實話，連他自己都不知道他長大了會去畫畫，更不知道自己會畫出個什麼「印象派」來。

小時候的他，最喜歡畫的其實是

聖安德絲花園　1867 年（油畫、畫布　98.1 × 129.9cm　美國紐約大都會博物館藏）

圖中坐在藤椅上看海的「男主角」就是莫內的父親。

漫畫。因為把一個人的特徵，用明快的筆調誇張的描繪下來，讓人見了發笑，他覺得很好玩。

後來他的同學還爭先恐後的要他畫像，有時居然也可以因此而賺到幾個零用錢。後來，他就送了幾幅到當地的藝品店裡去試賣。那時候，他才十五歲。

他父親是個生意人，家裡除了一位蘇菲阿姨之外，好像沒有人對藝術有興趣。蘇菲阿姨自己沒有孩子，很喜歡莫內。她嫁了個富有的丈夫，有個很大的花園別墅就在海邊，後來莫內所畫的聖安德絲花園就是屬於蘇菲阿姨的。

要是沒有這位蘇菲阿姨，莫內的一生絕對要改寫。莫內二十歲時，被抽去當兵，莫內受不了苦，蘇菲阿姨也心疼，就替莫內付了一大筆贖金才把莫內保回家來。莫內一有麻煩，總是先想到她。後來，莫內到巴黎去學畫，甚至女朋友未婚生子，莫內都是去找蘇菲阿姨幫忙。不過，最最重要的還是因為蘇菲阿姨愛好藝術，所以家裡經常有藝術家來來往往。其中有個畫風景很有名的畫家保丁先生，更是她家的常客。保丁是第一個教莫內畫風景的人。

有一次，保丁先生看到莫內的畫跟他的作品放在藝品店的同一個櫥窗裡展示，他覺得這孩子很有才氣，就跟蘇菲阿姨說：

「莫內這孩子很有畫畫的天分，我以後去戶外寫生也帶他一塊兒去，妳看如何？」

保丁先生非常慈祥，而且酷愛戶外寫生。莫內跟著他，像忽然睜開了眼睛。在此之前，莫內雖然也喜歡風景，也喜歡陽光與色彩，但是他從來沒想到要把那些稍縱即逝的風景上的變化畫下來。

美是留不住的，但是畫下它來，它就跑不掉了。

他開始把畫漫畫的興趣轉移到畫風景上去，並且終其一生，他愛戶外寫生愛得上癮。

保丁　突勒維海灘　1863 年
（油畫、木板　25.4 × 45.7 cm　美國紐約大都會博物館藏）

風景，是個很好的模特兒，它一動也不會動。可是，有了那淘氣的陽光，風景上的色彩卻變化多端得常常使莫內有追趕不及的感覺。

有時候莫內為了要搶著抓住某種氣氛，譬如：日出與日落，他就不得不畫得很快。有時候他想：這哪裡是在畫畫，簡直像在跟時間賽跑嘛。因為才調好了顏色，太陽的金馬車又輾過去了，那畫筆上的色調又不對了。因此，後來他就顧不得真實形象上的許多細節了。

他漸漸覺得：光其實就是各種色的反射，而顏色比線條重要，氣氛又比實體重要。

莫內的這種想法，早先浪漫主義的風景畫家就已經注意到了。像盧梭

盧梭　楓丹白露的落日　1850 年
（油畫、畫布　142 × 197.5cm　法國巴黎羅浮宮藏）

柯洛　清晨　1864 年
（油畫、畫布　65 × 89cm　法國巴黎奧塞美術館藏）

畫的〈楓丹白露的落日〉，柯洛畫的〈清晨〉，都有寫實加浪漫的意思在畫裡頭。

真好笑，十九世紀雖然巴黎是世界的藝術中心，不知道有多少藝術大師在這裡。可是，風景畫卻沒有人重視。反而是荷蘭和英國，出了幾個偉大的風景畫家。

風景畫，大致上有歷史風景派、浪漫風景派兩類。由荷蘭畫家、英國

滑鐵盧橋　1900 年
（油畫、畫布　63.5 × 92.7cm）

請與 1903 年的作品比較。

畫家發展下來，到了莫內的手上，他早就懂得了：風景畫，應當不要再僅僅只畫那些美麗景色的表面，而是可以把風景當成音樂那樣來處理。就是要以氣氛為主調，以色彩為和音，像

滑鐵盧橋，多雲的陰天　1903 年（油畫、畫布　65.3 × 101cm）

有個藝評家說：你覺得莫內的畫是還沒完成的樣子嗎？如果有誰敢說他自己的畫已經完成的話，那個人一定是個傲慢的畫家。

交響樂一樣，才不至於畫出來的跟照相機照的一樣（一八三九年，照相機就發明啦）。

每天畫，每天畫，同一個景點莫內可以不厭其煩的畫上幾十次。

除了對風景畫的執著之外，莫內也蠻有點科學研究的精神。他對外光的研究（所以也有人稱早期的印象派為外光派）充滿了興趣。別的畫家只注意室內光線的明暗，他卻對戶外的光線用冷熱參錯的色度加以表達，這一點他特別的有興趣，也是他的重大突破。他萬萬沒想到，這個突破後來竟變成了抽象畫的開端。

他出門畫畫，愉快是愉快，但並不輕鬆，經常要帶上好幾個畫布畫板出去，他要同時架好，同時畫，因為光線忽明忽暗時，他可以一會兒在亮的那張畫上畫，一會兒又在暗的那裡畫，他像個獵人似的，守著陽光守著畫，忙得不亦樂乎。

最後，他終於想出了一套自己的畫法：乾脆不要先把那些顏色在調色板上調了再畫，直接畫在畫布上不就成了？

像科學上的分光鏡那樣，七彩的

陽光可以合成白色，白色也可分出七彩，眼睛是可以自己去分分合合的。譬如：樹葉是綠和黃，傳統的畫法是把黃綠混合，可是他不混，他先著好

莫內的小筆觸點描，與梵谷的大筆觸厚塗相互對照，不但可看出他們二人的性格的差異，更可看出莫內的靜美與細膩。

種滿鬱金香的田地　1886 年

（油畫、畫布　美國麻州威廉斯頓克拉克藝術中心藏）

日出：印象　1872 年（油畫、畫布　48 × 63cm　法國巴黎馬蒙特美術館藏）

莫內的代表作之一。

綠色再重疊上黃色，分別以單色的互補色用小筆觸、點描、針織式筆法來畫，讓眼睛自己去混合（前印象派，用小筆觸的點描法，到了後印象派，如梵谷，就改用大筆觸的厚塗了）。當然最重要的是，畫家必須有分光分色的能力。

同時，莫內也捨棄了黑褐兩色，因為他覺得陰影也是有許多顏色的，只不過它們的彩度和明度較弱而已。

這個色彩論，最早提出來的是浪漫派的大畫家：德拉克洛瓦，不過一直等到莫內才把它發揚光大起來。

只要莫內一抓住色感，一棵清晨的白楊樹他七分鐘就可以畫出來了。但是他那七分鐘，卻是他七十個日子都不停止的早出晚歸才換來的。別人第一次看到他畫的〈日出：印象〉，還以為他畫得太倉促、太草率呢。事實上，他研究了十幾年才把

高地伯特夫人畫像　1868 年

（油畫、畫布　217 × 138.5cm　法國巴黎奧塞美術館藏）

如果不看簽名，你認得出這是莫內的作品嗎？真正的藝術家是不甘於畫那些大家都畫得出來的作品的。所以畫家可以有千百萬個，但印象派的莫內，全世界卻只有一個。

握到那點日出時的朦朧之美。

提起〈日出〉這張畫，它是莫內被別人批評得最慘的一張，卻也是他成了「印象派」的「黑幫老大」的代表作。就像他由漫畫轉畫風景一樣的偶然，他自己從來不曾在畫上爭過什麼名利。四十八歲時，法國政府頒給他一個榮譽獎，他還拒絕接受呢。他最大的興趣只是到戶外去寫生而已，給別人罵來罵去他才不管，他照樣畫

夏天　1874 年（油畫、畫布　57 × 80cm　德國柏林國立美術館藏）

莫內對人物並不關心，你看畫中女子的衣裙簡直「抽象」掉了。

養鴨池塘　1874 年（油畫、畫布　73.3 × 60.2cm）

水的漣漪、樹影的婆娑，這樣普通的印象，卻在莫內的筆下復活了。

草地上的午餐(習作)　1865 年

（油畫、畫布　130 × 181cm　俄羅斯莫斯科普希金美術館藏）

你看，如果莫內只停留在這個階段，他頂多只是個浪漫寫實派的畫家而已，可是他卻不自滿，一直在畫布上尋找出自己的特色來。

他自己想畫的，一直到死都如此。

他十八歲時，也是不管父親的反對，帶著蘇菲阿姨的資助與祝福，就到巴黎去學畫了。說固執也好，說任性也好，要不是他這點脾氣，他大概早已被當時巴黎其他的正統畫家給同

馬內　草地上的午餐　1863 年
（油畫、畫布　208 × 264cm　法國巴黎奧塞美術館藏）

化了。

那個時候，風景從來沒有人當作第一主題來畫（差不多要到一九二〇年時，風景為主的畫在法國才被政府官方的評審委員們接受），尤其是很少人在戶外寫生。正規的畫家，所謂的「學院派」，那個學院就是指法蘭西美術學院，他們一般都是在畫室裡畫畫，畫人物、畫故事、畫言之有物的東西。

不像現在，畫家有什麼經紀人、畫廊之類的，可以協助他們成名或賺錢。那時，所有畫畫的都是把作品送到「沙龍」去，由一個官方特別組成的委員會來評審，入選的作品才能公開展出，也才有機會找到買主。

在巴黎，莫內有幾個志同道合的好朋友，像是馬內、雷諾瓦、畢沙羅（他後來跟塞尚比較要好）、希斯里等人，他們經常一塊兒外出寫生或野餐，有時候還相互以對方為模特兒來作畫。他們都是專業素養很高的，當然有能力畫官方所認可的那種畫，可是他們更想做的是要在繪畫上有所突破，真的不是在標新立異。像馬內，他畫的〈草地上的午餐〉，現在我們覺得很棒，當時被人罵成下流低級，把他氣得要命。

一八七四年，莫內三十五歲了。他再也不能忍受「沙龍」式的壟斷，這使他生活清苦到時常三餐不繼。於

莫內說：「如果我的作品跟任何人的都不像，那就是我作品的價值……我的貢獻。」

秋天的河景（油畫、畫布　55 × 65cm
愛爾蘭都柏林國家畫廊藏）

是，莫內就跟好友們商量，把一群常被官方排斥的畫家聯合起來，自己開個聯合畫展。

〈日出：印象〉是莫內一年前在海防老家畫的，他拿去參展。畫展開是開了，也很熱鬧，可是沒幾個人買畫，簡直失敗得一塌糊塗。尤其〈日出〉這張畫還被畫評家嘲笑，因為上頭有個副題是「印象」，就說那是一張未完成的畫，因為只不過讓人有點兒印象而已，細節都還沒畫嘛。

誰知道，好事不出門，壞事揚千里，這「印象」一語，立即流傳了出去。莫內想：反正他要畫的就是那種日出的氣氛——日出給人的印象，所以懶得反駁。（大概是小時候書沒念好，要反駁也不容易。如果換了蒙德里安，他才不會罷休，蒙德里安最有本事搬出一大套哲學來，把藝評家們說得啞口無言。因為蒙德里安讀書讀得很多很廣，很有學問的。）後來，別人仔細看莫內的畫，近看不怎麼樣，但遠看卻是愈看愈耐看。他反而因此大大的有名了。從此，也打開了畫家們不靠官方的「沙龍」，自己開畫展的風氣。

3. 愛情與麵包

莫內這個人，畫畫不喜歡按牌理出牌，連結婚也沒按規矩來行事。

他的第一個太太卡蜜兒，本來是他的模特兒，年紀很輕，莫內非常愛她。可是，莫內的父親反對有一個當模特兒的女人做他的兒媳。莫內那時也只有二十四、五歲，事業心重，畫也賣不掉幾張，自己吃飯都成問題，也就不怎麼急著結婚。可是，也許因為他的愛情，使他畫起卡蜜兒來就會畫得特別用心、特別的好，有兩張還入選過「沙龍」獎呢！

不久，卡蜜兒懷孕了。莫內只好把她送到蘇菲阿姨那兒去，等她生產完才又回到巴黎來。這時候的莫內，窮得經常要跟朋友借錢才能生活。卡蜜兒無怨無尤的跟著他，一直到兒子都三歲了，莫內才不顧一切的跟她結

穿綠衣的女子　1866 年（油畫、畫布　231 × 151cm　德國不來梅美術館藏）

圖中的女主角就是卡蜜兒。

了婚。

日子雖然過得很清苦，但是莫內的畫卻愈來愈有自己的風格。有一張〈蛙塘〉，畫水畫得波光粼粼，連當時最有名的作家左拉都稱讚不已，說他簡直把水給畫活了。塞尚本來譏笑他：只有眼睛（意思是說他的畫只看見色彩）；後來也改口讚美說：了不起的視覺。

愛情誠可貴，但到底不能當麵包來吃。在莫內三十九歲那一年，卡蜜兒因為肺病加上營養不良，竟拋下了莫內和她的愛兒，與世長辭了。莫內傷心極了，好久好久都不能作畫。

就在這個時候，他的一位做生意的朋友——以前常常買莫內的畫支助莫內的生活——因為生意失敗，丟下了他正懷著身孕的妻子和五個孩子，

蛙塘　1869 年（油畫、畫布　74.5 × 99.7cm　美國紐約大都會博物館藏）

午餐　1868 年
（油畫、畫布　230 × 150cm　德國法蘭克福施塔德藝術中心藏）

自己一個人逃到比利時去了。

莫內和那位「別人的太太」愛麗思，此時剛好彼此都需要對方的安慰與關懷，就住在一起。那時候，離婚是個很可怕的名詞，愛麗思跟莫內的同居當然更是引人非議，結果莫內只好帶著她和一大群孩子（六個是愛麗思的，一個是他的）搬到鄉下，遠離巴黎。直到愛麗思的丈夫在比利時去世後，他們才得以正式結婚。

不過，因為有了愛麗思的照顧和孩子們的陪伴，莫內才很快的由卡蜜兒之死帶給他的傷痛中，重新振作起來，又開始畫畫。現在他更加的不理會別人的畫評了，只畫自己要畫的。這時候買他畫的人也漸漸多了起來，

開滿罌粟花的原野　1873 年（油畫、畫布　50 × 65cm　法國巴黎奧塞美術館藏）

這張畫和〈午餐〉都是以卡蜜兒和兒子為模特兒的畫，一是比較傳統的，一是印象派的，兩相比較可以看出莫內的突破。

綠色的和諧　1899 年（油畫、畫布　89 × 93.5cm　法國巴黎奧塞美術館藏）

愛麗思從前的丈夫本來就買過很多莫內的畫，莫內日子因此愈過愈好，不用再愁錢了。到他五十歲時，他還買下了離巴黎四十多英里郊外的一個古老的農莊。

現在這農莊叫：基佛尼莊園，全世界想看莫內〈水蓮〉原作的人沒有不知道的，可是當時卻是個破破爛爛的、沒有人要的地方。莫內那時已是一家十口，天天擠來擠去。有一天從火車上，他遠遠看到農莊上一個粉紅色的屋子，他心動不已，決定買下。

果然，在他跟愛麗思細心的經營之下，現在那裡花木扶疏，除了有個種滿了水蓮的湖之外，還有一座莫內心愛的日本木橋。

日本橋　1899 年
（油畫、畫布　92.7 × 73.7cm　美國紐約大都會博物館藏）

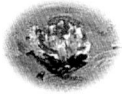

4. 水蓮的世界

莫內是六十歲左右才開始畫水蓮的。在此之前，〈日出〉風波之後，他畫得最有代表性的、也最成功的，大概要算〈乾草堆〉。

乾草堆，是他跟愛麗思在農場上散步時發現的。莫內看見陽光下的那些草堆，在不同時間、不同季節，各有不同的色調。於是，他畫了一系列的〈乾草堆〉。畫的時候，常常還沒有畫好，農夫就來拿草餵馬了，莫內急得跳腳，要付很多錢給農夫才能留下那些草堆，繼續作畫。有時，他帶去的畫布不夠用，請愛麗思再回家去取。從前又沒有汽車，他老覺得愛麗思回來的不夠快，光線早已變了，他就大發脾氣。這麼幾堆人家根本看不出美在哪裡的爛草堆，他卻像發瘋似

乾草堆　1886 年（油畫、畫布　60.5 × 81.5cm）

「他不是畫家，他其實是獵人——同時在五個或六個畫布上獵取不同時間陽光下同一物體的不同效果。」

乾草堆　1891 年（油畫、畫布　64.9 × 92.3cm　美國伊利諾州芝加哥藝術中心藏）

的猛畫。最後完成的，共有十五幅。結果畫展時，出乎意料的，三天內就賣完了。而且，還吸引了美國的畫家們，有些千里迢迢特地到法國來想拜他為師，跟他學習如何「印象」法。

莫內天生是個喜歡水的人，海邊的，岩石邊的，船邊的，橋下的，湖與蓮花中的……他小時候就愛，如今他更是一見了水就想畫，他畫了許多

乾草堆　1891 年
（油畫、畫布　66 × 93cm　美國伊利諾州芝加哥藝術中心藏）

乾草堆　1891 年
（油畫、畫布　65.4 × 92.3cm　美國波士頓美術館藏）

許多水上的光與影。他不再畫單獨的個別的畫，要畫就畫一系列的，因為他覺得一個東西的深度，是由一系列的印象得來的。可是，他取景的角度總是與眾不同。當然他也喜歡石頭，譬如〈盧昂教堂〉系列。

人家畫教堂，大概會畫個整體，要不然教堂最美的那個高聳入雲的塔尖部分是絕不肯錯過的；可是，莫內只畫中間那麼一小部分，因為他只對那建造教堂的古老石塊上，光與色在不同時間的變化有興趣。他這個教堂系列，一畫就畫了二十二幅，從早到晚，從春到冬，各有千秋。不說他的畫本身的貢獻，就是他這作畫的毅力與耐心，也是值得我們尊敬的。

不久，他的老友馬內去世了。以

盧昂教堂系列　1894 年（油畫、畫布）

（106 × 74cm　美國波士頓美術館藏）

（91 × 63cm　法國巴黎奧塞美術館藏）

（106 × 73cm　法國巴黎奧塞美術館藏）

（107 × 73cm　法國巴黎奧塞美術館藏）

（100 × 65cm　法國巴黎奧塞美術館藏）

（107 × 73cm　法國巴黎奧塞美術館藏）

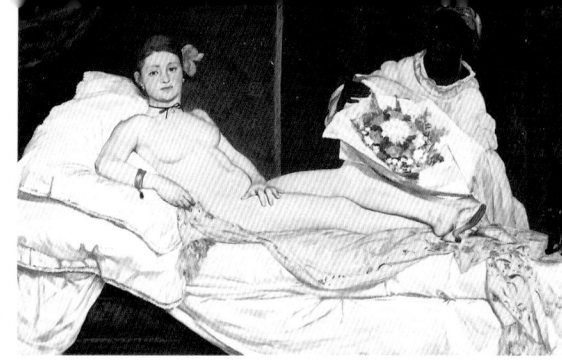

馬內　奧林匹亞　1863 年
（油畫、畫布　130.5 × 190cm
法國巴黎奧塞美術館藏）

水上園藝　1903 年（油畫、畫布　81.5 × 100.5cm　日本東京石橋美術館藏）

前他沒飯吃時，還跟馬內借過錢，如今他重金買下馬內的〈奧林匹亞〉，捐給了國家，以紀念他的亡友。馬內之後，他的親生兒子也死了，再過不久，連愛麗思也先他而去。

莫內最後的十幾年，經常把自己關在家裡，除了他的蓮池，其他都不想畫了。他把那些畫，稱為「水上園藝」。在他漸漸患上憂鬱症的當兒，他的一個朋友做了大官，向他訂購兩個大型壁畫。這個計畫，使他又有了生氣。

為了這個壁畫，他在基佛尼莊園加蓋新的畫室。新畫室有多大呢？三

水蓮（油畫、畫布）

這是莫內想畫光線透入水底照見水草與汙泥糾結的反照，一再失敗，自稱畫得幾乎發狂。

十九英尺寬，七十五英尺長，高是四十九英尺。莫內不是畫在牆上，而是畫在幾個帆布上，然後再拼起來。所以還要特製巨大的畫布，這些就夠他忙的了。

那麼大的一間畫滿蓮花的水池的房間，你想有多麼的壯觀啊！人一走進去，好像是在船上被四面八方的水和蓮花包圍了。如果沒有那日積月累的功夫，如何下手？

此時，嚴重的白內障，幾乎使他

水蓮

這幅水蓮，已接近抽象。

（油畫、畫布　100 × 300cm　法國巴黎馬蒙特美術館藏）

失明，但他還是天天要到院子裡去寫生。這時期他的畫上出現了大量的紅色。直到實在看不見了，他才去動了手術，可惜只有一個眼睛稍稍恢復了一點視力，但是，這老頑固，他還繼續在畫，還畫他的水與水蓮，畫這一屋子的水蓮印象。也許就算是真的瞎了，他也不會放下他的畫筆的，因為他一輩子都是跟著光的感覺走，只要他一走到戶外，那溫暖的陽光就會帶給他無比優美的五顏六色（應當說七

色吧），哪裡還需要看見才能作畫？他對光色的掌控，已經達到了爐火純青的境地，就是閉著眼睛，相信他也畫得出來。

八十六歲的那一年，莫內終於放下了他那沾滿光澤的畫筆。他倒在蓮池水光十色的印象中，與那些美得幾乎抽象起來的蓮花們，一同進入了永恆。

水蓮，藍與紫的和諧　1918–1924 年
（油畫、畫布）

莫內：「我對這些水和水中的反光著魔，雖然我年事已高，時常力不從心，但我畫了又畫……企望著努力沒有白費。」

莫內 小檔案

1840 年 11 月 14 日，出生於法國巴黎。

1845 年 搬到海防，爸媽開了一家小雜貨店。

1857 年 開始跟保丁學習戶外寫生。

1858 年 不顧父親反對，到巴黎學畫。

1864 年 想娶卡蜜兒為妻，被父母反對，因而與家人決裂，生活費從此無著落。

1866 年 卡蜜兒畫像：〈穿綠衣的女子〉入選了沙龍獎。

1867 年 卡蜜兒為他生下一子。

1870 年 作品又被沙龍拒收，此時兒子已三歲，終於得到家人諒解而與卡蜜兒結了婚。

1874 年 首次印象派畫展。

1879 年 卡蜜兒去世。

1888 年 拒領法國政府所頒發之榮譽獎。

1890 年 買下基佛尼莊園。

1899 年 開始整建基佛尼成為有蓮池的大庭園。

1905 年 愛上水蓮，畫〈水蓮〉系列。

1911 年 愛麗思去世。患憂鬱症，不能作畫。

1914 年 受朋友之託設計超大型水蓮壁畫。

1922 年 幾乎全瞎，開刀後視力稍復，繼續畫水蓮。

1926 年 12 月 5 日，病逝於基佛尼，和他的水蓮一同進入永恆。

Claude Monet

藝術的風華
文字的靈動

2002年兒童及少年讀物類金鼎獎
第四屆人文類小太陽獎
行政院新聞局第十七、十九次推介中小學生優良課外讀物
文建會「好書大家讀」活動1998、2001年推薦
《石頭裡的巨人——米開蘭基羅傳奇》、《愛跳舞的方格子——蒙德里安的新造型》
榮獲1998年「好書大家讀」年度最佳少年兒童讀物獎
《拿著畫筆當鋤頭——農民畫家米勒》、《畫家與芭蕾舞——粉彩大師狄嘉》
榮獲2001年「好書大家讀」年度最佳少年兒童讀物獎

兒童文學叢書

藝術家系列

～帶領孩子親近二十位藝術巨匠的心靈點滴～

喬　托　達文西　米開蘭基羅　拉斐爾

拉突爾　林布蘭　維梅爾　米　勒

狄　嘉　塞　尚　羅　丹　莫　內

盧　梭　高　更　梵　谷

孟　克　羅特列克　康丁斯基

蒙德里安　克　利

小太陽獎得獎評語

三民書局《兒童文學叢書・藝術家系列》，用說故事的兒童文學手法來介紹十位西洋名畫家，故事撰寫生動，饒富兒趣，筆觸情感流動，插圖及美編用心，整體感覺令人賞心悅目。一系列的書名深具創意，讓孩子們一面在欣賞藝術之美，同時也能領略文字的靈動。

影響世界的人

在沒有主色，沒有英雄的年代
為孩子建立正確的方向
這是最佳的選擇

一套十二本，介紹十二位「影響世界的人」，看：

釋迦牟尼、耶穌、穆罕默德如何影響世界的信仰？
孔子、亞里斯多德、許懷哲如何影響世界的思想？
牛頓、居禮夫人、愛因斯坦如何影響世界的科學發展？
貝爾便利多少人對愛的傳遞？
孟德爾引起多少人對生命的解讀？
馬可波羅激發多少人對世界的探索？

三民網路書店 會員
獨享好康
大放送

通關密碼：A7335

憑通關密碼
登入就送100元e-coupon。
(使用方式請參閱三民網路書店之公告)

生日快樂
生日當月送購書禮金200元。
(使用方式請參閱三民網路書店之公告)

好康多多
購書享3%～6%紅利積點。
消費滿250元超商取書免運費。
電子報通知優惠及新書訊息。

書種最齊全
服務最迅速

超過百萬種繁、簡體書、外文書55折起
三民網路書店 http://www.sanmin.com.tw